신인호 시집
수평선을 태우는 해

신인호 시집

수평선을 태우는 해

지구문학

괴테는 갔어도 그의 명시는 살아있고, 로마는 망했으나 키게로의 명저는 남아있듯 사람은 가도 영원히 남아있는 것은 글이다. 과거에 사라져 간 별들을 만날 수 없지만 그들이 남기고 간 글 속에서 언제고 만나고 배우고 대화할 수 있는 것이다.

그런 만남이 내 삶 속에 항상 활력을 주고 희망과 환희를 주었기에 감성이 풍부한 소녀시절부터 문학에 대한 꿈을 가슴에 담을 수 있었다.

인생들이 세상에 왔다가 언젠가는 본향을 찾아가는 그 대열 속에 나도 끼어있다면 인생의 삶 가운데서 뜨거운 가슴으로 풍성하게 느끼고 만인이 감탄하는 명저를 남기고 갔으면 하는 글 쓰는 이들의 바람은 나도 또한 간절한 것이 아닌가.

오랜 교직에 몸담고 있으면서 초기엔 가끔 교육잡지에 글을 실리기도 했으나 더욱 문학에로의 길로 정진할 수 있는 스승도 길도 환경도 알지 못했다.

너무도 오랜 시간 학교생활에 물들어 꽃피는 계절이 나

를 불러도, 낙엽이 떠난다고 유리창에 흩날려도 쳐다볼 시간도 없이 화살처럼 흘려 보낸 세월, 정신을 차리고 보니 곁에 함께 있어야 할 사람도 영원히 떠나고 아이들도 새 둥지를 찾아 떠났다.

텅 빈 공허한 뜰에 홀로 서서 걸어온 인생여정을 뒤돌아보며 내 삶 속에 숨은 마음의 소리 영혼의 소리를 숨죽여 詩로 쏟아 엮어 본다.

물질적인 풍요를 추구하고 날로 정신이 황폐화 되어가는 병든 영혼의 암흑기에 인간의 삶 속에서 숭고한 아름다움을 발견하고 내가 정화되며 깨어질 수 있어 자아가 완성되는 길을 글 속에서 걷고 싶다.

나 자신이 시 수필 글을 쓰면서 아름다운 詩가 되고 作品이 되고 싶다. 부끄럽지만 늦었다고 실망하지 않는 용기를 갖는다면 모세는 80년 인생의 고난의 훈련을 쌓아 마지막 홍해의 기적을 일으켰고, 톨스토이는 70고령에 부활의 명저를 남겼다.

마지막 지는 단풍이 가장 찬란한 빛을 발하고 가듯, 저무는 석양이 가장 황홀한 빛을 선사하고 사라지듯, 늦었지만 감히 나도 수평선을 붉게 태우는 해가 되었으면 하는 마음 간절하다.

그동안 가슴 속 깊이 잠자고 있는 시상을 일깨워 주시고 더욱 정진할 수 있도록 용기와 힘을 주신 진을주, 김시원 선생님께 깊은 감사를 드리면서, 또한 미숙한 글을 보시고 詩評을 써주신 李秀和 선생님께 감사를 드리며 독자 여러분들의 많은 비평이 있기를 바란다.

2009. 6. 10

한강이 보이는 청담동에서

신인호

3부

6부

7부

1부

수평선을 태우는 해

빠알갛게 수평선을 태운다
어둠 속으로

초침이 달릴수록
어두워지는 해

나도 꿈을 펼쳐 세상을 환하게 밝히지 못한 아쉬움에
저무는 수평선을 바라보며
속만 까맣게 탄다

節制

밤하늘에 별들은
수많은 눈으로 나를 바라보지만

나는 한 눈으로
밤하늘에 무수한 푸른 별빛을 바라본다

세상은 수많은 소리로 내 귀를 울리나
나는 한 귀로
세상의 소리를 듣는다

세상은 수많은 입으로 내게 다가오나
나는 한 입으로 말한다

내게 보이는 모든 것들은
나를 아름답게 미치지 못하지만
내가 보는 모든 것은 아름답다

그러기에 지구를

맘껏 달리고 뛰고 날으고 온통 헤집고 싶어도

나는 조용히 나무 그늘에서

기도하는 수도자의 마음 비움으로 살아간다

寬容

산골짜기의 작은 도랑이

심산의 고통을 속울음으로 흘리면

내(川)는 그것을 품어 눈물을 섞어 보내고

강은 내를 안고 통곡으로 쏟아낸다

노을 빛 바다는 그 강을 품고 넓은 가슴을 빛내지만

나는 그 바다를 품고 하늘로 흐른다

別離

송화강에 휘몰아치던 검은 칼날

손을 흔들도 못하고
고국의 하늘을 뒤돌아보며
당신은 그렇게 떠났습니다

내 가슴은 휘몰아치는
피비린 殘骸

그날은 송화강도 흐느끼며
하늘도 먹구름으로 울었습니다

時間

너는 영원으로 쏘아올린 神의 화살

공평하게 분배 받아 人生의 무대 위에 善惡으로 뛴다

눈 위의 발자욱처럼
무수한 흔적을 남기고 흘러가는가

폭우에 쓰러진 좌절이 용기로 일어서고
실타래 엉키듯 오해가 풀리기도

무덤에 밀어넣고 싶은 미움이 사랑으로 변하기도

뼈를 깎는 고통이 기쁨으로 차기도

폭포로 쏟는 눈물도 영롱한 추억으로 고쳐주는
時間은 神이 주는 名藥이어라

喪失

하나님 품을 멀리 떠났던 세월

마음의 눈이 흐려지고
영혼이 어두워진 꿈속을 헤매다 깬 순간

모두 잃어버린 소중한 것들

푸른 별로 떠있는 어머니
송화강 물결에 사라진 남편
가족들은 꽃잎으로 흩어지고

이제야
사망의 깊은 곳에서
하나님을 찾는 통곡이 지평선을 누빈다

愛憎

호수에 들어와 놀던 산 그림자 속에
가슴을 하얗게 내보이고 떠난 친구

수많은 말을 삼킨 채
지금은 침묵으로 잠겨 있네

보석처럼 아름다운 지난 시간들
허무하게 무너지고

추억이 묻어나는 꽃잎 풀잎 띄우며
푸른 하늘을 우러르는 호숫가 내 가슴은
텅 빈 鳥籠만 같아라

각인

하늘이 꿈으로 가득한 푸른 날에
친구와 함께 오르던 산등성이에 홀로 앉아

구절초 핀 남한강에 잿빛 날개로 뿌려진
친구의 이름을 가슴에 새기며
남몰래 운 적이 있다

산 메아리만 목이 쉬어 돌아왔다

蝸牛精舍

산이 두 손으로 안고 있는 精舍
붉은 진달래 꽃바람에 추녀 끝
목이 마른 풍경소리

수정이 녹아 흐르는 듯한 옹달샘
표주박으로 한없이 퍼 마셔도
씻어지지 않는 번뇌

수많은 돌들을 붙여 만든
조각처럼 서 있는 탑들 위에
구름의 그림자가 졸고 있다

오색 그림 걸쳐 있는 精舍 안엔
부처가 누워 있고
주승도 자고
향불 숨죽인 흔적 늘어진 산자락

녹음기의 낭랑한 독경소리에
산울림만 목이 쉬어 바람에 흩어지고 있다

*蝸牛精舍 : 경기도 용인
소재의 절

2부

애틀랜타의 달

고요 속에 가라앉아가는 바다 속 깊은 밤
내 친구 정희 눈빛 속의 달빛

달빛 찌른 상수리나무 끝 새털구름
나와 내 친구는 나란히 앉아
두 손을 꼭 잡은 채 눈시울이 홍건하다

고향의 달빛이 애틀랜타의 달빛처럼
가슴이 에이었다면 고국의 아픈 정
모질게 베지 않았을 텐데

이젠 名譽 富도 느긋한데
왜 그리도 이국의 달빛은 우는지

고향의 달빛을 버린 마음이
이렇게 아플 줄 몰랐다는 손에 쥔 땀이
애틀랜타의 달을 밤내 울리고만 있었다

*애틀랜타 : 미국
죠지아주에 있는
도시

애틀랜타

내 아들 '성은아!'
애틀랜타에서 돌아온 나는
너의 母國에서 지금 애틀랜타의
老松이 되어 송진 내음으로 풍겨지고 있단다

푸른 솔씨가 우주에 떨어져 솔바람 소리로 재잘거리는
'유빈' 의 말소리가 지금도 내 가슴을 울리고
'수빈' 의 천사 같은 그 까만 눈빛이
내 심장에 별빛으로 빛나고 있단다

흰 구름이 깔아놓은
애틀랜타의 푸른 잔디가 바다로 열리고 있어
내 몸은 한 잎 꽃잎으로 흔들리고 있구나

비취빛 호수 저편 카터의 농장
美國南北戰爭 용사들 승리의 기상이 서린
스톤마운틴이 내 가슴 속에 들어앉아 숨쉬고 있단다

애틀랜타의 산새들
재잘거림에 잠 못 이루고
너의 집 모퉁이에 싱싱한 상추들을
산토끼 새끼들을 몰고 와 다 뜯어먹던
그 두 귀가 내 눈앞에 쫑긋거리고 있구나

소나무 사이 사이로 쏟아지는 빗살무늬에
영롱한 산딸기들을 다람쥐 떼지어
몰래 따먹고 도망치는 모습
지금도 여전한지

나무 그늘 밑에 낮잠 자던
이웃집 목사님네 막내(개)까지 쫓아와
꽃씨 뿌린 정원을 발로 파헤치고
쫓아도 모른 척 종일토록 번갈아
신나게 뛰놀던 집

밤이면 상수리나무 끝에 매달려 있는
별들을 바라보며
하늘 우러러 한없이 기도에 묻힌 집
숲속 그 집에 천금보다 더 귀한
내 아들 성은 가족에게 나는 오늘도
은혜의 감사 속에 묻힌단다

알프스의 풀꽃

마냥 푸른 초원을 수놓은 꽃 그림

눈 덮인 알프스를 온종일 울리는 태양
그 눈물 먹고 자란 애잔한 풀꽃들
바람 일 때마다 아련한 鄕愁를 부른다

뭉게구름 지나다 흘리고 간 구름나무 아래
한가롭게 풀을 뜯던 어미소들
묵묵히 앉아 깊은 명상에 잠기고

암벽 위에 전설을 안고
진한 고독을 퍼 올리는 古城

오리 떼 흐르는 호수 위로 작은 빨간 지붕들
蒼然의 품에 안긴 동화의 나라

이 신비스런 알프스에서
내 마음 나비가 되어 하늘하늘 풀꽃에 날아 앉는다

*구름나무 : 필자가 명명한 가상의 나무 이름

쏘렌토에서

씻부신 하늘이
파도에 부서진 눈부신 태양에
파란 사파이어로 빛난다

고요히 흔들리는 은파 너머로
옛이야기 가득 싣고 돛단배 떠나고
아스라한 절벽 위의 궁전 같은 집들
물 속에서 출렁인다

향기로운 오렌지 숲
고요한 평화는 천국을 노래하고
내 가슴 속에 깊이 박혀진 진주알

난 망부석 되어 한없이 바라보고 싶은 마음인데
어느새 석양은
신비로운 바다를 빨갛게 물들인다

*쏘렌토 : 이태리 쏘렌타인반도 북서쪽에 위치한 나폴리 근처의 도시

와이키키 해변

하늘이 너무 푸르다
태양은 그래서 파도를 안고 뒹구는가

야자수 그늘 아래
백사장에 누워 한 마리 양이 되어 본다

비키니 차림에 해변을 누비는 여인들
한 장의 그림 엽서

감미로운 미풍이 몸을 휘감는데
외로운 이방인의 가슴엔 문득 그리움이 밀려온다

갈매기 날으는 이곳 정취에
혼을 빼앗기는 시간
상기된 마음을 물에 담그며
조용히 당신의 미소를 생각해 본다

*와이키키 해변 : 미국 하와이 호놀룰루에 있는 해변

애틀랜타의 스톤 마운틴(stone mountain)

이렇게 클 수는 없다
돌 한 개가 큰 산을 이루다니

푸른 하늘에
구름도 옷자락 흘린 채 넋을 잃고
날으던 새도 멈춰 앉아
신비의 자연에 고개를 기웃기웃거리다

무슨 뜻으로 이곳에 너를 세워 놓은지
하나님의 뜻을 아무도 모르는가

지구에 하나밖에 없는 돌

검은 노예들의 애끓는
붉은 울음이 하늘에 사무쳐
백인들을 한방 날려 혼내주고
자유를 안겨다 준 큰 돌산

너는 애틀랜타 평화의 증인

온통 푸르름에 쌓여
이 비밀스런 神의 섭리를 품고
역사의 산 증인되어 있는 영혼
진정 애틀랜타의 보석이어라

사바나의 하루

짙푸른 들판을
하늘길로 열어놓은 끝없는 하이웨이

남빛 하늘을 수놓는 뭉게구름의 손짓은
우리 가족의 길잡이
활주로 연변에 울창한 소나무들은
끝없는 향기를 우주에 쏟아내고 있다

호피스텔 같은 봉고차 안엔
아들 내외 손자 둘
함박꽃 미소로 차 안이 환하다

세 살 손자 '유빈'의 신청곡 「빙빙 돌아라」 동요를 들으며
7개월 된 손자 '수빈'은 버릇처럼 빈 고무 젖꼭지 물고
누워 발장구 치고
갓 쪄온 옥수수 하모니카 불며 우리 가족 꿈처럼
날으듯 달린다

사바나공원의 매미소리를 가르는 질주

수 백 년 묵은 고목에 기생하는 넝쿨 식물이

능수버들 춤추듯 환영의 율동으로 휘날린다

우리는 설렌 바다를 안고 제비의 비상처럼 곡예를 한다

하얀 모래사장 비치파라솔 아래 관광객들

소라껍질 되어 머언 수평선을 바라보는 이방인들

파란 물결을 주름잡는 갈매기는 油書를 그리는 붓

파도를 안고 뒹굴며 모래성을 쌓는 우리 아이들

어느새 서서히 노을빛에 물들고

사바나는 온통 선홍빛 꽃바다로 물들어가고 있었다

*사바나 : 미국 죠지아주에 있는 도시

바이칼 호수

동토의 혈관을 밝히는 시베리아의 푸른 눈

하늘이 내려와 호수가 되고 싶어
보오얀 안개로 수평선을 지우고
한 몸 되어 거대한 꿈을 잉태하고 있는가

기나긴 세월 쇠심 같은 눈물이 모여 바이칼을 찾아온 여로
수많은 336개의 강물을 가슴에 안고 달리는 바다 같은 여유
물무늬로 나는 갈매기들의 날갯짓에 내뿜는 바이칼의 숨결

매서운 칼바람 혹한을 가려주기 위한
짙은 사랑의 氣를 내뿜어 훌쩍 커버린 자작나무 숲
그 희푸른 숲을 뚫고 목이 쉬어 달리는 기차

바이칼의 미래를 실어 나르고 있다

3부

가슴 설레는 情

문간에서 언제나 반기며 흔드는
기쁨이와 루치의 꼬리

제 몸 죽도록 아플 때
나를 쳐다 보는 그렁그렁한 눈빛

나 외로울 때 달래지 않아도
달려드는 강아지들의 손

부르지 않아도 내 눈짓 외로움 보일 때
달려 안기는 어리광

문밖 내 발자국 소리만 듣고도
방울소리 울리고
나 방울소리만 들어도
가슴 설레는 情이랍니다

새 아침에

지난 밤 잉태한 죄악들을
어둠과 함께 씻어내고
동녘의 검은 산자락 한 올씩 걷어 올리며
서서히 다가온 찬란한 새 아침

솔향기처럼 상큼한 새 아침에
설레는 마음

살아 숨쉬며 매일 아침을 맞을 수 있는 이 환희
감동을 뼛속에 채우다

님의 성스러운 오늘의 창을 열고
새로운 새 길 따라 새 꿈을 안고
눈부신 미래를 향해 기도로 나선다

청담동 「나 홀로 아파트」

먼동이 트는 아침 창을 열면
은빛 보석 깔아놓은 듯
눈부신 한강이 선뜻 다가오는 풍경

강남 강북의 이별이 서러워
연결 끈을 매어놓은 청담교 위로
미래의 꿈을 싣고 달리는 전철이 보이는 집

뱃고동 울리며
활기찬 서울의 아침 햇살
유람선이 색칠하는 화폭

푸른 하늘 푸른 강이 껴안은 품속
청둥오리 떼 날아와 서로 눈 맞추는 곳

옆집 낡은 아파트는 하늘 높이 날개 치솟는데
「나 홀로 아파트」는 외로운 것인가

이천 도자기 축제

설봉공원 푸른 바람이
도공 천년의 혼을 불러들인 인파

호수의 치솟는 물줄기는
종일토록 무지갯빛 하프를 타고
명곡을 작곡한다

도공의 혼이 사리 되어
조각된 도자기들에게
나의 魂을 빼앗긴 채
모꼬진 사람들의 겉모골도
도자기로만 보인다

해질녘 노을빛은 산후 산모의 얼굴처럼 보이는
도공의 얼굴빛

그리도 맑은 하늘

청자로 남고 싶은 내 마음 돌아서 보니

청자 항아리에 담아놓고 싶어라

*설봉공원 : 경기도 이천시 소재

빗방울이 유리창을 울리는 날이면

직장을 갖는 것이 슬프던 시절이 있었다

아리도록 양 가슴이 돌고 아파 올 때
젖 떼어놓고 온 아기 생각에
화장실에 가 부풀어 흐르는 가슴을 닦으며 울었다

아기가 커서 초등학교에 들어갔다
하늘이 울먹이며 빗방울을 유리창에 흩뿌리는 날이면
모든 엄마들이 우산 들고 마중 나와 있을 때
비 맞으며 애처로이 서서
엄마를 기다리며 발 동동거리는 우리 아이들 생각에
나는 속살이 찢기듯 가슴이 아렸다

세월은 매달려 붙들어 놓을 사이 없이 떠나 버렸고
훌쩍 커버린 아이들은 시집 장가를 가 내 곁을 떠났다

지금도 비 오는 날이면 내 마음은 항상

엄마 부르며 뛰어 나올 것 같은

초등학교 앞에서 우산을 들고 서성이는 추억이

나를 글썽이게 한다.

나의 秋夕

가두어 놓은 고기들을 넓은 바다에 풀어놓은 후
어장 같은 허전한 서울의 秋夕

가끔 청담교 위로 달리는 전철의 기적마저 쓸쓸하다

깊은 밤하늘에 새털구름 헤치고 떠오른 보름달
하늘나라로 가신 어머니의 모습처럼 한강물 속이 슬프다

누구나 고향의 추석은 가슴 뭉클하지만
부모님 계시지 않는 내 고향 추석은
이방인의 들녘처럼 쓸쓸하다

모두가 설렌 가슴 가득 싣고
고향을 찾는 민족의 대이동 물결 속에
나는 한 잎 수장 당하는 낙엽처럼 서럽다

비둘기의 눈물

파란 물이 쏟아질 것 같은 가을 하늘 아래
가로수의 마른 잎이 흔들린다

회색빛 보도블록 위에 비둘기 두 쌍
쉼 없이 먹이를 쪼아대고 있다

순간
유리알처럼 번쩍이는 까만 승용차가
잽싸게 지나간 자리에
비둘기 한 마리가 쥐포로 깔려 있다

짝 잃은 비둘기의 슬픈 눈물이
서녘 노을에 타고 있다

떠나버린 친구

꽃잎이 눈처럼 휘날리는 봄날
미소로 찾아왔던 내 친구

노을빛 호숫가를 정겹게 걷고
역사의 흔적을 찾았던 푸른 나날들

지금은 추억으로 남아
호수 위에 구름처럼 떠있네

스산한 초겨울 벤치에 앉았으니
그날의 낙엽이 내 눈물 되어 뒹군다

낙엽

한 해의 生이 기록되어 있는 자서전

만추의 바람소리는
일그러진 책장을 넘기며
긴 세월의 사연을 읽고

흐르는 물속으로 흩어지는 슬픔

한 몸으로 꽃피우던
나무와의 처절한 이별

이제는 영영 돌아올 수 없는 먼 길

勳의 아슬한 詩韻

나날로 보내고만 있는 허무한 시간인데
아직도 보고파 하는 勳이 있어
나 푸른 하늘로 사네

잠들었던 詩想을 일깨워
삶의 의미를 찾을 수 있어
내 마음 꽃으로 환하게 피네

오늘의 정겨움 나누고자
먼 옛날 징검다리 건널 때
물장난 돌을 던졌나 보다

餘生의 화폭엔
석양의 황홀함으로 수놓고
지는 단풍의 찬란함을 그려야겠지

勳이 던졌던 돌이
오늘도 내 마음 詩韻을 꽃피게 하네

핸드폰에서 울려오는 딸의 노랫소리

지난 날의 원망으로 가득차 있는 딸을
호되게 꾸짖은 후
딸이 놓고 나간 핸드폰에서
딸의 노래로 녹음된 벨소리가 울린다

그 음률 속엔 오랜 세월 고여 있는
恨과 아픔이 절절히 흐르는데
순간 울컥 에이는 悔恨

샛푸른 하늘이 눈물로 가득 고이고
꽃 속에도 얼룩지는 딸의 모습
나뭇가지에서 우는 새소리도
딸의 울음으로 들린다

먼 옛날 보이지 않는 무거운 짐을 지고
꿀벌처럼 일하며 숨 가쁘게 달리던
내 힘겨운 시절

아이들이 엄마 찾는 예쁜 나날을
따뜻한 사랑으로 챙겨주지 못한 아픔으로
늘 목이 메이는데

앉아도 누워도 걸어도
귓가에 울리던 딸의 핸드폰 노랫소리는
평생 내 가슴을 울리고 있다

저무는 한해의 마루턱에 서서

하염없이 흐르는 강물처럼
되돌아올 줄 모르는 화살처럼
먼 길 향해 날아가는 한해

묵묵히 서 있는 나무는 선홍빛 열매를 낳아
분주하기만 하던 실없는 나를 향해 뽐내는데
싸늘한 거리를 휩쓸고 가는 바람에
늘어가는 내 흰 머리카락만 날린다

못다 버린 보랏빛 꿈을 지닌 마음마저
저무는 석양 따라 뜬구름처럼 흘러가고
떨어지는 과일로 옛 푸른 꿈속을 같이 드나들던
친구들도 하나둘 사라져간다

공허한 마음

찬서리 내리는 언덕에 서서
한 줄기 내일의 태양을 기대하며
저무는 해를 빈손으로 보낸다

그대가 있기에

그대가 있기에
하늘이 더욱 푸르르고

그대 손잡고 걸을 수 있기에
환희에 꽃핀 세상이 더욱 아름다워라

고통과 희망을 나눌 수 있어
미래를 향한 발걸음도 가볍고

그대 포근한 가슴 있기에
나 평안이 잠들 수 있네

병실 창가에서

소리없이 내리는 봄비가 온 누리를 적시는데
희뿌연 회색 건물 속엔 몸을 뒤척이는
신음소리만 들리는구나

병실 넘어 보이는 푸른 창가엔
단발머리 소녀들의 모습이 아른거리고
목청을 돋우며 칠판을 두드리는 동료의 소리도 있네

벌써 진달래가 져버린 교정엔 장미가 피고
수선화 만발한 교정 하늘엔 산까치도 날으겠지

나 바람같이 몸을 날리고
걸맞은 소녀로 뛰고 달리는데
지금사 누워 있는 침대 머리엔
자책의 푸념만 있네

이것이 인생의 과정이거니…

아직도 못다 이룬 성숙을
만드는 것이려니…

머잖아 나
이곳을 떠나간 날엔
창공을 날으는 새처럼
맘껏 뛰고 날으리

황혼에 서서

— 교직을 마감하면서

산들바람이 가을을 데려온 날

그가 하도 부르기에 들녘에 나갔더니

소슬바람에 일렁이는 들꽃들이 나를 설레게 하고

여름내 울어댄 매미의 눈물이었는지

탐스런 열매들이 벅찬 희열로 가슴을 채운다

하늘이 내리신

아무에게나 선뜻 던질 수 없는 이 보배로운 결실의 선물을 받아

얼싸안고 애지중지 간직하기에

긴 세월 누군가의 땀방울 숨소리가 아름다워

끝없는 하늘을 맘껏 소유하던 석양이 사라질 때

온 대지를 덮는 단풍도 마지막 온기를 뿜어

찬란한 아름다움을 선사하고 있는가

그동안 바람만 헤집고 다니던 나는

무엇을 남기고 가야 하는지

가을 하늘 구름 속에 맥박이 뛰고 있다

초롱초롱한 눈빛에 내일의 꿈을
청순한 마음에 고운 사랑을
외로운 그늘에 따스한 미소를 보냈는가
생각에 잠기는 시간

그래도 먼 훗날
깊이깊이 생각해 줄 아이들이 있기에
문득 문득 솟아나는 그리움이 있다고 믿기에
나는 이 아름다운 유산을 안고 조용히 미소짓다

4부

교정을 떠나간 자리

모두가 떠나버린 날

창덕여고 텅 빈 교정엔

무더위에 이는 바람이 육중하게 무겁다

텅 빈 교정에

미어지는 마음이 남 모르게 설움의 해일로 정신을 잃었다

교정 구석 구석에 배어 있는

그들의 체취가 소리 없이 스며올 땐

하나둘 같이한 날들이 현상 되어 나오고

열정을 토해내는 제자들의 향학열을

재치 있는 유머로 동료들의 활력 있는 하루를

먼 여행길에서의 고운 정감을

푸른 하늘 구름 속에 묻어 놓고 떠났다

아직도 마로니에 잎이 떨어지려면 멀었는데

나무 가지에 우는 매미도
아직 울음을 그치지 않았는데

남은 자들의 설움은 어쩌려고
그들은 어느날 그렇게 훌쩍 못다 이룬 꿈을 향하여
바람처럼 뿔뿔이 떠나갔다

옛 친구들

풋 과일 시절 헤어진 친구들

농익어 떨어질 날이 짧기에
설레임으로 만난 청풍계곡

산속을 구르는 맑은 물에 발 담그며
학창을 더듬는다

흩어져 저마다 먼 길 걸어오기에 힘겨워
삭아버린 그 잘난 체면 자존심들

강물 속에 산 그림자처럼
서로에게 들어온 가슴들은
한없이 편한 오래 신은 신발

옛 동산에 오르듯 마냥 童心으로 달려
주름진 얼굴에 한없이 솟아나는 웃음꽃은

고귀하고 아름다운 설경의 매화

서로의 남은 날을 챙기는 마음은
산을 지키며 솔향기 풍기는 노송이어라

友情

눈부신 햇살 드는 창가에 앉아
신문을 뒤적이다
어느새 다가온 어둠에 밀려
하루가 전설로 이어진다

어쩌다 지나쳐 왔던 풀밭에
한 송이 핀 장미꽃처럼
또렷이 가슴에 들어온 淑이와의 추억이
강물처럼 흐른다

달빛이 그리움을 데려다주고 간 창가에
淑이와 마주앉아
영원한 우정을 다지던 가슴 벅찬 하루

바람처럼 달려 올 수 없는
향기 어린 그때가
회한에 젖어 깊어만 간다

강남 매미

보리타작 소리 벗 삼던 시골 매미가
서울 강남에 와서 운다
그것도 목이 쉬도록 운다

세상을 찢는 아우성을
삼키지도 못하고
달구는 폭염을
식히지도 못하고
치솟는 아파트 시세만
고무풍선처럼 매미 울음소리로 부풀린다

집 없는 서러움을 깔고 앉아서
어쩌라고 저리도
주야로 목청 찢어지게 울고만 있는가

산비둘기 우는 솔재

산동네 작은 언덕 솔재에
동양화처럼 서있는 큰 소나무
어쩌자고 솔잎은 울고만 있는가

솔잎 울 때마다
석양의 그림자처럼 사라져간
친구가 생각난다

솔잎처럼 긴 속눈썹
내려뜬 애수어린 눈
철학자처럼 깊은 생각에
해를 보내던 그 친구

별처럼 빛나는 포부는
고난을 삼키며 한시도
책을 눈에서 떼지 않았던 그 집념

어느날 그의 영혼 속엔 내가 씨알로 떨어져
호미로 캐낼 수 없이 깊이 내린 뿌리가 뽑힌 채
서녘의 유성으로 사라졌던 날

가슴 찢고 통곡으로 불러도
만날 수 없는 친구
초고성능 망원경으로도 잡히지 않는
가슴 아린 유성

오늘도 친구의 영혼 같은
소나무를 생각하면
그 솔재에서 다리 포개고 앉아
나를 기다리는 친구의 모습이
되살아날 것만 같은 솔재
언제나 솔재 큰 소나무에서
산비둘기의 피울음 소리가 끝이 날 것인가

어느 시골 학교 길

어둠을 밝히는 새벽 장닭 울음소리에 잠을 깬 하리 마을
어머니의 정성이 담긴 도시락을 책가방에 넣고
새벽 안개 헤치며
아침 연기 피어오르는 마을을 빠져 나온 소녀

아직도 학교 길은 먼 십리

산속에서 굴러 내리는 맑은 물소리 벗 삼아 걷노라면
가슴 가득 고인 꿈의 나래를 하늘 가득 펼쳐 본다

내딛는 발자국 소리에 놀란 다람쥐들
도망치는 길 따라 검은 잔디 흰 잔디
산 모롱이를 굽이굽이 돌아서면
어느새 콧잔등에 송골송골 땀방울 맺히고

능수버들 휘늘어진 언덕 아래
소백산을 끼고 굽이쳐 흐르는

남한강 하진 나룻터에 닿으면

서서히 아침 먼동이 트는 잔 물결 위로

미끄러지듯 떠가는 나룻배 하나

나의 짙푸른 꿈을 매일 실어 나른다

들국화 핀 송장벌을 헐레벌떡 뒤로 하고

마른 샛강 자갈길을 지나

오색 금줄 친 서낭당 돌무더기 위로 돌 하나 던지면

느티나무에 산 까치 반갑게 짹짹거리고

기쁜 소식 오려나 종일토록 설레는 가슴

가을 소슬바람에 서걱이는 옥수수 밭 아래

강으로 달리는 냇물

운동화 벗고 단발머리 팔랑팔랑

징검다리 건너 둑에 올라서면

눈앞에 손짓하는 아담한 학교의 전경

일찍 등교한 아이들의 소음 속엔

징검다리 건널 때 돌을 던지던

개구쟁이 훈의 목소리도 끼어 있고

어느새 나의 먼 학교 길은

훈이와 조금씩 꿈이 영글어 가고 있었다

송아지 울음소리에 가라앉은 가마골

배꽃이 환한 산동네 달밤
짖어대던 개들마저 곤히 잠든 가마골

골짜기 반석 위로 달그림자 흘러내리는 맑은 물에
눈물 씻고 잠자리에 들 무렵 소쩍새마저 가마골을 울리고

이웃집에 팔려온 젖뗀 송아지의
밤새 엄마 찾는 애절한 울음소리에 가라앉은 가마골
가슴 찢는 밤이 깊어만 갔다

달빛보다 환한 배꽃 핀 마을
나에겐 산산이 부서진 꿈의 조각을 주우며 울던 시절이었다

봄은 슬픔인가

하늘은 파랗고
꽃들도 함박웃음인데
온 대지를 흔드는 환희의 봄
왜 눈물이 날까

봄 속에 묻혀 마냥
꽃을 가꾸시던 어머니
내 곁에 계신 것이 평생인 줄 알았는데

어느날
하늘로 떠나시고
친구분들도 한 분 두 분
세월의 물결로 떠난지 오래인데

어쩌려고 봄은 또 다시 찾아오고

진달래 만발한 청담공원에 나 홀로 앉아

어머님도 그리워하게 그리도 애타게 울어대는

먼 산의 뻐꾸기 울음소리인가

어머니의 봉선화

아침 전동차 안에서
내 옆에 앉은 여자의 매니큐어 손톱은
아침에 떠오르는 빨간 태양이었다
문득 내 손톱을 바라보았다

그믐달로 떠올랐다

나는 건너편 차창에 비치는
내 얼굴을 바라보았다

鼻息 웃음이 나왔다

여름 꽃 봉선화를 정성껏 가꾸시고
저승길 밝다시며 꽃잎 따 물들이시며
우리 손톱 빨간 태양으로 만드시던
친정 어머니의 모습이
전동차 유리창에 어렸다

5부

한강변을 걷다

푸른 하늘에 흰 구름이
목화 꽃송이로 피는 날
나는 문득
櫓를 젓듯이 한강변에 나선다

유구한 역사의 애환이
침묵으로 흐르는 강물에
오염된 내 마음을 씻기 위해
나선 해질녘

일렁이는 잔물결 위에
떠나버린 그리운 옛 모습들이
하나 둘 물무늬져 올 때
왜 마음이 그리도 외로웠는지

슬픔과 고독을 씻고
조용히 흐르는 강 되고파
오늘도 노을이 타는 강변을 걷다

추억의 한강

늦가을 노을빛을 밀어내고
불빛이 별빛처럼 가라앉은 한강

푸른 불빛이 흐르는 청담교
철새마저 날아가 버린 쓸쓸한 밤하늘

한강을 거닐며 수십 년 퍼 올린 사랑은
이념이 다른 낙엽으로 떠나고

벌써 첫눈이 내리는데
홀로 걷는 쓸쓸한 발자국

눈발은 쌓이고
칼바람에 살점 에이는 아픈 추억의 한강

눈 내리는 한강을 걸으며

한강에 쏟아지는 눈송이가
눈물로 흐르는 서러운 밤

함께 걷던 친구도 갈댓잎 되어 떠나고
눈물만 별빛으로 날리는데
내딛는 발자욱마다 추억만 고인다

눈처럼 살고자 하늘 우러러 보지만
아직도 비워지지 않는 마음

애절한 내 피눈물 빛에 타는 강물 소리에
가슴에 엉긴 피멍을 울컥 토해내고 싶다

한강의 여름 한 때

한강가를 어루만지던 아침 햇살이
연분홍빛 나팔꽃에 귓속말로 소곤거리고 간 뒤

물굽이는 알았다는 듯이 뒤척인다

갈대의 가냘픈 허리에 감기며
나팔꽃 미소로 가슴을 열면
줄 점무늬 팔랑 나비 설레임으로 날아 앉은 자리마다
찬란한 사랑이 너무 짧구나

어느새 노을이 한강을 물들일 무렵
여름을 달래 보내고 막 달려온 소슬바람이
향내를 움켜 담아 강물 위에 뿌리면
한때 찬란했던 행복은
물거품으로 추억을 사위며 여름을 떠난다

달도 숨은 한강가에서

달도 숨은 한강가에
여름이 깔아준 짙푸른 잔디에 앉아
세월로 흐르는 물소리만 듣는다

구름이 산 넘어가듯 옛 꿈은 멀리 떠나가고
물소리만 결결로 흘러가네

왜가리 한 마리 물결을 가르며
달빛을 쪼아 먹고 날아간 흔적이
하얀 點線 되어 서쪽으로 向하네

한강을 깨우는 나팔꽃

한강둑 가에 활짝 핀 나팔꽃 소리 햇살에
물살의 진동으로
아침이 열린다

청둥오리
칠흑 같은 굶주림에서 물속에 날아들면
고기떼들은 풍지박산으로 生存의 法則이 슬프기만 하다

生死의 출발 신호소리 같은
나팔꽃 소리에 인간 또한
富와 名譽를 위한 血鬪로
열리는 한강의 기적

나의 아침 산책길에
기상의 나팔꽃 소리는
슬프고도 찬란한 쌍곡 소리로만
들림은 어쩐 일일까

6부

율동공원

붉은 노을 빛발에
참새 물들인 뒤
율동공원의 키 큰 숲들이
검은 밤을 속속들이 빨아들이다

참새떼 뒤따라 물오리 몇 마리 떠나고
스러지는 노을처럼 나도 외로움 지우지 못한 채
길게 누운 그림자를 밟으며
집에 돌아오다

썰렁한 빈 집을 둘러싼 어둠
기쁨이와 루치의 방울소리가
율동공원의 안부를 묻고 있었다

*율동공원 : 경기도 분당 소재
기쁨이, 루치 : 강아지 이름

율동공원 호수 위에 뜬 조각달

불빛 도시가 버린 조각달을
율동공원 호수 위에 올려놓고
바다색으로 물든
파란 마음을 담아 띄워본다

달빛은 푸르러만 가고
나도 닮아 푸르러진다

아득한 지난날
뜰의 친구처럼 서있는 배나무에 기대어
고요 속에 떠 있는 저 달을 바라보며
얼마나 눈시울 글썽이었던가
환하게 피어나는 둥근달은 또 얼마나 기다렸던가

어느새 세월의 먹구름 지나
잠시 떠오르던 둥근달도 저물어
조각달로 바삐 달리는데

아직도 못다 버린 내 파란 마음
호수 위에 뜬 조각달에 실어 보낸다

율동공원 추억

율동공원에 뒹구는 한 잎 낙엽

그리움이 깊을수록 더욱 짙게 떠오른 모습
호수 위에 물무늬로 떠간다

진달래 핀 호숫가 봄내음에 취해
하염없이 걷던 산책길

사랑의 향기로 힘껏 뿜어 올리는 무지갯빛 분수
숲 속 새들의 희망찬 속삭임

호수 뒤로 신비한 성당의 불빛에
서로 눈빛 마주치던 정겨운 미소

지금은
외로운 달빛만 홀로 서러워라

율동공원 호숫가에서

시리도록 차가운 하늘가에
산비둘기 날으고
호숫가 갈대숲에는 보금자리 트는
콩새들의 재잘거림이 정겹다

잔잔한 물 위엔
배고픈 물오리들의 물질로
삶의 창이 열리고

피어 오르는 물안개가
꽁꽁 언 마음을 녹일 때
호숫가 언덕 위 나뭇가지에
매달린 까치둥지엔 작은 생명이 이어간다

호숫가 언저리에 숨은 사연을 쏟아내는
계곡물 소리가 있어
홀로 걷는 겨울 호숫가는 외롭지 않다

율동공원 호수 위에 뜬 달

하늘이 내려앉은 호수에 뜬 달

사르르 사르르 아침을 수놓는 물무늬 수틀

진달래 색칠하는 호숫가에는

아직 갈대 서걱이는 이른 봄

어머니의 수틀 같은

무지갯빛 분수 아래

아침을 깨우는 수틀 속 뜬 달이 곱다

7부

꽃

혼을 빼앗는 美學

우중충한 내 마음 푸른 하늘로 열리고

번민을 사위어주는 은은한 향기는

세인의 가슴에 사랑의 천사로 날갯짓하고

낮에는 꽃이 되어 눈부신 햇살 속에

가슴 설레는 손짓

밤에는 별밭이 되어 쏟아질 듯

은하수로 출렁이고

내 가슴엔 황홀한 사랑의 결실로

아름다운 꽃으로 영원하리라

구름

창공에 고향을 두고

유유히 떠도는 자유가 그리워

내 가슴에 구름을 채워본다

떠나가도 붙드는 이 없고

돌아가도 막는 이 없는

무한한 이 자유로움

나도 구름 되어 세상을 누비고 싶다

여름 산

내 영혼의 고독이 사모하는 품속
물이 그리워 불러놓고 사랑을 속삭인다

만고의 침묵 속에 숨은 존엄함은
우리의 스승

흰 구름 머물고 하얀 안개꽃을 피우는
우리의 친구

유수한 계곡에 신선이 노닌 흔적
하늘을 찌를 듯한 나뭇가지 위는 새들의 세상
종일토록 추억을 쪼아댄다

기묘한 바위 틈에서 솟는 맑은 물은
온갖 짐승들의 생명수

내 혼탁한 생각들을 몰아가는

싱그러운 바람

여름 산은 진정 내 영혼의 쉼터이어라

숲 · 1

숲은 자애로운 어머니의 품속
싱그러운 숲 내음은 어머니의 향기로
온 산을 덮는다

산비둘기의 비밀도 지켜주고
뻐꾸기의 눈물도 닦아주고
가랑잎 소리에 놀란 토끼도 안아준다

정녕 숲은 모든 것을 안아주는 어머니의 품속인가
나도 숲 되어 세상을 향기로 품고 싶다

숲·2

기립박수 소리에 山行이 들뜬다

산짐승들은 보이지 않는데
산은 숨이 가쁘다

엊그제 비로 씻긴 한 여름
거울로 비친 생명의 푸르름

내 우중충한 마음 한 자락 닦아내는
잡초들의 수세미질 소리만 높다

산철쭉

산골 외진 초가에
소리 없이 찾아온 달빛이
어두운 구석구석 신비의 세계를
흔들어 올려놓고 있다

산철쭉 향기보다 더 짙게
파묻져 가는 흥분

날으는 새 되어 쉽사리
가고 올 수도 없는데
수 십 년 해가 다시 울먹여도
지워지지 않는 슬픔

봄동산에 뻐꾸기 울음 어둠을 깨는 줄 알아도
더욱 슬픈 영상
부질없는 그리움

오늘도 외기러기 밤하늘 날아오건만

산철쭉 아래 그때 그 모습은 눈물 빛뿐이네

단풍

고통의 삶을 앓는 신음 소리로 그려낸 작품

그래서 그리도 찬란하게 눈이 부시는가

산 언덕을 오르는 바람은
등산객을 부르고

짙게 황홀경으로 몰아가는 나무들
魂을 빼앗는다

계곡에 흐르는 물은
감추어 두었던 사연들을 한 잎 두 잎 떨어지는
단풍잎에 적어 멀리 님에게 띄우고

겉은 환희를 빛내며
시름에 앓는 나무를 품고 있는 산은
가을 憂愁를 속울음으로 삭힌다

추억을 부르는 패랭이꽃

밤새 어둠을 걸러낸 푸른 한강가 패랭이꽃

돌섬에 외다리로 서서 그렁한 눈으로

먼 하늘을 바라보는 외로운 왜가리 한 마리

패랭이꽃 그림자처럼 소슬바람에 밀려 강물 위에 떠간다

한강 숲 잡초 속에 하나둘 꿈처럼 피어 있는 패랭이꽃

단발머리 소녀시절 남한강가를 헤매며 꺾어 머리에 꽂았던 친구들

지금은 희끗희끗 머리카락 휘날리며

한강 어느 풀밭에서 보고 있을까

바람에 흔들릴 때마다 아련한 추억의 손짓들이 햇살에 곱다

8부

지는 봄

밤새 내리는 우울한 봄비에
목련꽃 떨어지는 소리
나도 내 안에 속성을 버리고자
밤내 잠못 이루는 밤

밤은 내일로 달리고
내일은 어느새
이 밤을 밀어내었네

낙화로 울던 목련은
저리 푸른 잎으로
무지개빛 꿈을 주고 가는데

밤내 가슴만 앓던 나는
아직도 못다 버린 계절이 남아 있어
5월은 즐거운 밀물로 다가오고 있어라

애버랜드 봄동산

기어코 나를 불러낸 5월의 하늘
초록 들길 밀어내며 달려간 애버랜드

산 그림자 드리운 잔잔한 호수 위엔
달리는 구름 타고 날으는 청둥오리들

고향 하늘이 그리워 동산을 흔드는
공작새의 큰 울음소리에 엎질러진 꽃향기

능수버들 휘늘어진 호숫가에 앉아
벚꽃잎 흩어져 세월로 떠나고

싱그러운 풀잎 꽃잎에 서려 있는
애틋한 그리움으로 추억을 꺼낸다

초록빛 사랑으로 가슴 설레던 날들

먼 하늘 바라보며

애버랜드 봄동산 같은 미래를 그려 본다

떠나는 가을

스산한 거리에 낙엽 부딪히는 소리

참새 앉았다 날아간 자리
헐벗은 은행나무 가지에 남은 몇 알까지도 지웠는가

갈대바람 스쳐간 빈 들녘에
풀잎들 어느새 노란 편지로 울먹이고
그리도 울어예던 풀벌레 슬픔마저 잠긴다

텅 빈 하늘

모두가 다시 올 것을 기약하고 떠나는데
행여나 저 파란 하늘로 떠났던 친구도
언제 다시 오려나

낙엽에 써서 떠나는 가을에 부친다

어머니

어머니!
그 한 마디 속에 어릴적 하늘이 열린다

어머니의 마음은 푸른 바다
나는 한 잎 낙엽

하늘을 화선지 삼고
푸른 강물을 물감 삼아
그려도 다 그릴 수 없는 어머니

바다에 돌을 던지고
이제야 하늘에 그림을 그려봐도
비통한 마음만 가슴을 에인다

겨울 햇살

토요일의 햇살은 슬프다

유리창마저 눈물로 흐느끼는가

이따금 구름이 달래주는 서러움

허공을 울리는 겨울 햇살에

낙엽만이 창문을 두들긴다

띄우는 봄소식

바람자락 남해의 봄을 훔쳐 내게 보냈기에
그 봄 향기 속 깊이 가슴에 안고
나도 한강의 봄을 띄우네

한강가 잔디에 앉아 바라보는 구름 속엔
갯벌에 앉아 추억을 찾고 그리움 싣고
푸른 바다여행을 떠나는 勳의 모습이
한 폭의 그림으로 떠있네

내 동쪽 창가엔 봄 햇살이 물들고
뜰에 핀 매화 향기에
잊었던 고향 풍경이 묻어 오네

산천초목이 저마다 봄바람 타는데
인생에 봄을 찾는 한강가엔
아직도 찬 기운이 도는
파란 물결만 엎치락뒤치락거리네

9부

송화강변에서

유난히도 맑게
달빛 쏟아지는 푸른 송화강변에
남편의 옷을 태우는 여심이 있다
이날 따라 異國의 찬바람마저
혹독하게 귓전을 할퀴고 지나간다

울컥 토해내고 싶은 수년간 만들어진
가슴의 멍울을 담아둔 채
불에 타는 피 묻은 옷을 막대기로 휘젓는다

타오르는 연기 속으로
수차 다가오는 그의 영상을
흐르는 액체로 애써 지운다

군상의 구원을 갈망하는 그의 소원
의로운 일한다면서 온 지구를 휘젓고 다닌 종말

神의 사명을 목숨인 양
異國의 하늘 아래 영원한 침묵을 남기고
싸늘하게 누워 있는 이유를 아무도 모른다

어느 누가 그를 인도했나?
아마도 그를
이젠 편히 쉬라고
神이 하늘로 불러 올린 것 같다

한 이름 없는 구원을 부르는 그의 외침
메아리 되어 만상 속에 살아 숨쉬는 한
그는 외롭지도 슬프지도 않으리
하늘 양식 맘껏 뿌리다 하나님 품에 안겨
깊은 잠 청하는 그

그가 가야 하는 비밀을 알고도 모르는 척
도도히 흐르는 송화강에 소리 질러 본다

한 마디 의논도 없이 이래도 되느냐고

간신히 몸을 추스르고 태운 재를 강물 위에 날리고

돌아서는 여심을 그 누가 알으리

*송화강 : 중국 길림 소재

5월엔 떠나고 싶다

파란색으로 열린 하늘만으로도 설레는 가슴
연록의 물결까지 온 대지에 출렁이니
그 리듬 타고 초원을 뒹굴고 싶다

꽃잎 날려 봄을 보내고
아카시아 향을 몰고 온 바람

내 옷자락에 솔솔 배어들 땐
그리운 이의 향내 같아
보고픔은 더해만 간다

아파트 뜰에 물이 오른 꽃 사과나무를 타고
자지러지게 울어대는 새소리에

먼 곳에서 풀잎 같은 싱그러운 망사 와이셔츠 입고
행여 막차 타고 올 것을
기다릴 것만 같은 5월

나도 물방울무늬 T셔츠 입고

가방 들고 떠나고 싶다

겨울 산

고요하게 마음을 비운 도인

푸르던 숲이 낙엽 되어 떠나가도
슬퍼하지 않는다

산새 다람쥐 등산객이
온통 헤집고 가도 탓하지 않는다

칼바람이 나무를 꺾고
폭풍우가 몸을 떼어 달아나도
나무라지 않는다

하얀 눈이 가슴을 식혀도
뜨거운 심장으로 녹여
계곡물 노래 소리로 화답한다

이 세상을 가슴에 품고

비밀을 알면서도 침묵하는 겨울 산

이제
빈 마음을 채워주는 여름이
너를 애타게 기다리고 있다

여행

미지의 세계를 향한 설렘
고달픈 생활의 사슬을 벗는 해방감

구름 속을 걷듯 가벼운 마음에
가슴 뛰는 흥분

꿈에 젖어
새로운 도전 속에 방랑의 멋이여

가는 곳마다 견문의 씨앗을 마음 밭에 심어
무성하게 살찌우고
내 마음 풀밭에 추억의 화원을 가꾸리

창밖 푸른 바다는
정겨운 미소로 내 마음을 젖고 있다

고독이 서린 창가

풀잎 시들어가는 가을의 뜰에
낙엽 쏟아지는 소리

낮달의 시름이 창가에 서성이는
홀로 숨 쉬는 나의 집

쇼파에 앉아 조용히 눈 감으면
파도처럼 일었다 사라지는 지난날들이

텅 빈 가슴엔
애틋한 그리움으로 퇴색해 가고

창가에 어리는
만추의 노을빛만 가슴을 저민다

구름처럼 떠난 그대

구름으로 가린 하늘
하늘 가득히 그대가 있어
구름 걷힌 해맑은 아침 태양처럼
나를 감싸주고

바다 저 멀리 그대의 손짓
화살처럼 내 가슴에 꽂혀라

밤마다 마주앉은 그대
밤하늘에 별들의 속삭임도
나를 부르는 듯

그대 산 넘어 구름처럼 하늘로 떠난 후
영원히 내 가슴에 구름 되어 떠 있어라

비 오는 창가

유리창에 난해한 피카소의 그림

방울방울
맑은 水晶이다가
어느 이별의 눈물방울

창밖에 나뭇잎이 바람에 흔들리면
어느새 변하는 斜線畵

비 오는 유리창엔
나의 슬픈 畵幅으로 걸린다

綠陰

내가 봄이라고
저마다 소리 지르며
개나리 진달래 벚꽃들이
꽃잎을 날리며 떠나간 자리엔

어느새 연록색 잎들이
짙푸른 초록의 물결로
온 대지가 하나의 숲이어라

대지를 덮어버린 대자연 녹음의 고요인데
머리에 붉은띠 묶고 황소되어 뿔로 뜨고
언제까지 광장을 소란케 하려는가

거리엔 구름 낀 모습 모습들
분단 신의 노여움을 또 다시 매로 자초하려는가
축구공 하나로 한 마음의 붉은 물결로 출렁이었는데
민족애의 무궁화 숨결로 온 강산을 덮으리

가을의 추억

사루비아꽃 노을빛 사라져 간 한강가 숲
실바람에 스치는 풀벌레의 울음은
깊은 가을에 묻어둔 옛 추억을 꺼낸다

눈부신 칼라를 뽐내던 교복 푸른 시절

산들바람에 코스모스 흔들리는 가을길을 걷고 있을 때
문득 떠오르는 두툼한 꽃봉투에 구애의 글을 띄우던 남학생

들국화 핀 남한강가에 앉아 얼굴 붉히던 사연
한 평생 마음 속에 같이 살고 있었다

지금은 美國의 하늘 아래 흰 머리카락 날리며 걷고 있겠지

짙어가는 풀벌레의 울음에
나도 깊어가는 가을 속 그리움에 빠진다

오늘따라 달빛이 왜 이리 쏟아지는지

서울의 하늘

아침 창문을 열다

동녘 하늘에서 4월의 메시지를 보자
어쩌면 그리도 내 마음을 읽었을까

서럽도록 맑은 하늘
어제의 봄비가 내 눈물인양
서울의 다이옥신 하늘을 닦아쌓더니

나도 내 슬픔의 끝이 보일 때까지
서울의 하늘을 기도 속으로 닦으련다

白雪

폴폴 흰나비로 내려앉은 銀世界
어느새 천사들의 마을로 변했다

하늘꽃 같은 雪花로 이리 피워놓고
나보고 오욕을 씻으라 하네

모진 폭풍우로도 꺾지 못한 나뭇가지들
저 높이 솟은 우람한 나무의 오만을
부드러운 손길로 차곡차곡 꽃피어 놓았어라

여름을 보내며

짙푸른 울음으로
'07 여름을 물들이던 풀벌레들
그 색채를 이제 시나브로 거두어 가는가

떠나는 여름 속엔
끝내 울음으로 참회하여도 느낄 수 없는 것들

못다 이룬 꿈의 結實들

숨막히고 궁색한 사람들의 저변엔
그 고뇌의 지루한 장마가 있었다

청담공원

청담동 한가운데
터줏대감처럼 자리잡은 청담공원

골프장 깨지는 소리에 잠을 깬다

청담공원은 아침부터 뿜어대는
푸르름이 싱그럽다

나무숲 사이로 쪼글대는
작은 계곡물소리가 신화처럼 들릴 때

하늘 머얼리 떠난 산새가
흘리고 간 먹이를
참새 떼지어 소곤거리며 주워 먹는다

다람쥐 솜방망이 같은 꼬리를 휘젓고 간 길 따라
하나 둘 올라온 청담동 새 아침의 사람들

부연 달덩이 얼굴 혈색이 아침을 연다

오래 살고 싶은 열망이 운동을 유도하고
유난히 공원 숲 한쪽에선
힘껏 쳐올린 오만한 골프공이 하늘 높이 치솟으면
머언 강 건너 산비둘기들
용케도 알고 종일토록
구슬픈 울음으로 공원의 건반을 두들긴다

鄉愁

매미의 울음이
都市 속 아파트 숲 여름을 물들인다

살구 익어가는 산마을
풋풋한 보리 향기 날려 버리고
도시로 모여든 매미떼

초록 물가에 송사리떼 쫓으며
옹기종기 몰려다니던 아이들

산속 바람 일렁이는 느티나무
초가지붕 위 하얀 박꽃을 어디에 두고
머언 길 철새처럼 날아와
도시 속 아파트 숲속에서 우는가

슬픈 매미의 울음 속엔
피난시절 시골의 내 글썽한 추억이 서려 있고

하늘처럼 머얼리 떠나가신 어머니의 모습도
도시의 뜬 구름처럼 슬프기만 하다

배나무집

6.25때 피난간 단양 산골 동네
돌담 안에 집을 지키고 서 있는
집안 어른 같은 배나무 한 그루

우리집 이사 오기 전엔
돌배나무로 열매 썩어 하나 둘 落果라는데
우리가 함께 사는 날부터는
해마다 배꽃으로 분분하였고
온 집안은 꿈속처럼 하얗게 덮어
우리 가족 웃음꽃 소리와 배꽃 향기로
해일을 이루었다

벌 나비들 꽃가루로 헤치고 간 자리마다
잉태된 애송이 열매들이 노란 달덩이처럼
가지가 찢어지게 달아 놓을 때
우리 집은 낙원이 되어 있었다

해마다 동네 배잔치를 벌렸었다

우리 집은 몇 해 후 이사를 했다
배나무와의 이별은 눈물이었다

그 후 집안 어른 같은 배나무의 안부를
물어 갔다

배나무는 다시 썩은 열매를
하나 둘 눈물처럼 떨어뜨리고 있었다 한다

4월을 밀어올리는 봄

아직 오싹한 칼바람에도
울음빚인 듯 피어난 산수유꽃

송화강 하늘빛 같은 서러움이
언제 그랬느냐는 듯이
피어나는 무정한 4월의 봄빛이

머언 남녘에서 밀려오는 발자국소리

내 글썽한 추억 속에
잔인한 꽃소식으로 피고만 있다

江

그대 부드러운 잔물결 오선지에
명곡을 연주해도
내가 들어주지 않으면
그대는 외로우리

그대 구름을 띄워
하늘을 수놓아 고운 화폭을 펼쳐도
내가 보아주지 않으면
그대는 공허하리

내 안에 애타게
그대 그리는 마음 없으면
그대 그저 세월로 무심히 흐르는
물일 뿐이네

구곡폭포

아스라한 절벽 위에 노닐던 神仙이
봉화산과 이별이 서러워 쏟아놓는 울음소리

산새 날아가는 하늘 저 멀리 구름의 눈빛은
정녕 암벽에 매달린 고운 단풍나무이던가

폭포보다 더 큰 울음을 삼키고
산 흙 내음으로 가득한 침묵의 바위가 내 가슴인양

눈시울을 살피고 스러지는 물바람
산비둘기 울음을 터뜨려 강촌을 울린다

나도 폭포 아래 두 다리 뻗고 앉아
수십 년 맺힌 恨을 폭포처럼 쏟아버릴까

뱃고동소리 걸쳐 있는 소래포

뱃고동소리 앞에 갈매기의 울음은
내 목 안으로 기어드는 속울음

무심코 꺼내 든 내 손수건은
금방 물이 드는 슬픈 하늘 한 자락

길게 누워 있는
소래포의 비린내는
당신의 흔적을 지우던 송화강의
물비린 바람

마음 달래기에는
햇살이 너무도 밝아

발길을 돌릴 수 없는 것은
뱃고동소리 걸쳐 있는 소래포이든가

서창포구

시험 감독을 마친 후
터널을 빠져 나오듯 교문을 나선
창덕 교사들의 날갯짓이 가볍다

서창포구 가는 길은
벌써 하늘이 맑게 내려와 있었고
답답한 마음을 씻어 내는 구름이 깔려
바라보는 곳마다 짭짤한 포구의 내음으로
바람을 물들이고 있었다

참새떼 날으는 들녘 가로질러
달려온 서창포구
벌써 바닷비린내에 취해
기울이는 술잔마다
막혔던 恨이 풀리고

목이 쉬도록 서창포구를 울리는 합창은
어느새 日沒 속에 뉘엿뉘엿거리고 있었다

늦가을 비에 옷 벗긴 은행나무

달리던 차바퀴마저 멈춘 이슥한 밤
몰래 적시는 빗소리에
밤내 울던 아파트 뜰 황금빛 은행나무 한 그루

먼동 트는 이른 아침에 모든 것 체념한 듯
실오라기 하나 걸치지 않은
누드로 서있네

소식을 전하려던 까치 한 마리
누드를 보자 부끄러운 듯 얼굴 붉히고 날아간 후…
차가운 바람마저 벗어놓은 황금빛 옷자락을 걷어가 버리고
겨우내 모진 추위 어찌 견디어 낼까

신인호 詩의 抒情的 모더니즘

— 첫 시집《수평선을 태우는 해》評說

이수화
한국문협 · 한국펜 명예 부이사장

1.

신인호 시(申仁浩 시인의 詩)의 경계境界는 서정적抒情的 모더니즘 세계이다. 우리가 시를 감정으로 받아들이느냐, 지성으로 받아들이느냐 했을 때 신인호 詩는 서정적 모더니즘의 세계로 조망하게 하는 자장이 강고하기 때문이다. 감정과 지성의 통합된 감수성의 시적 세계창조랄 수 있겠다. 이와 같은 모더니즘 시세계는 이른바 전통적 서정시 (릴리시즘 시)의 한결같이 되풀이되는 감상感傷의 지겨움을 해소하며, 알 수 없는 관념적 넋두리(觀念詩)를 삼제하여 현대시의 명징성明澄性을 말해 주는 것이다. 우선,

빠알갛게 수평선을 태운다
어둠 속으로

초침이 달릴수록
어두워지는 해

나도 꿈을 펼쳐 세상을 환하게 밝히지 못한 아쉬움에
저무는 수평선을 바라보며
속만 까맣게 탄다

— 〈수평선을 태우는 해〉 全文

─과 같은 이 시집 표제시에서 우리는 申仁浩 詩의 서정적 모더니즘을 명징하게 파악할 수 있는 것이다. 전체 3개의 스탠자(聯)로 구성된 이 시의 첫째와 둘째 스탠자는 수평선을 태우다가 그 아래로 지는 해[太陽]의 시간 현상학 이미저리를 제시하고, 최종 스탠자에서 시적 주체와의 동일시를 통해 정체성에 대한 성찰을 수행한다. 척박한 언사를 쓰자면 이 텍스트의 화자는 태양과 같은 절대적 존재(종교적 神의 상징물)조차도 시간이라는 한계상황에서는 어쩔 수 없는 미완성체未完成體임을 자각, 성찰하고 있음이다. 1~2연이 객관적 상관물인 수평선, 해(태양)를 통해 우리의 식별능력(판단 이성)이 둔화鈍化될 수 있는 감상적感傷的 표현을 일체 배제한 모더니즘 어조에 3연의 릴리시즘(서정적 태도) 정서 혼합은 매우 절묘한 서정적 모더니즘 메소드(방법론)인 것이다.

申仁浩 詩는 이렇게 인간과 세계의 현실을 감성으로만 보지도 않고, 지성으로만 보지도 않는 이 두 인간 정신능력의 통합된 감수성을 기반으로 시적 세계창조에 임하고

있음을 우선 살펴본 셈이다.

> 산골짜기의 작은 도랑이
> 심산의 고통을 속울음으로 흘리면
> 내(川)는 그것을 품어 눈물을 섞어 보내고
> 강은 내를 안고 통곡으로 쏟아낸다
> 노을 빛 바다는 그 강을 품고 넓은 가슴을 빛내지만
> 나는 그 바다를 품고 하늘로 흐른다
>
> ─〈寬容〉全文

申仁浩 詩는 예시에서 지금 우리의 이 공간에 가장 긴요한 인문학의 명제인 '관용寬容'을 노래하고 있다. 그의 주무대인 서정적 모더니즘의 스테이지 시점에서다. 대상을 너그럽게 받아들이거나 용서하는 톨레란스(관용)는 민주주의 시민정신의 정화精華로 떠받들여지는 시대다. 그럼에도 늘상 갈등이나 집단이기주의에 짓밟히는 현상에 대한 아름다운 인문정신의 승화를 노래하고 있는 시가 예의 신인호 시 〈寬容〉인데, 시인은 그것을 부디즘의 화엄사상華嚴思想에 기반해 노래한다. 만유를 포용하는 지적知的 분석分析이다(후말행).

이와 같이, 지금의 이곳 세상이 서로 갈등하고 공멸하기 직전, 참으로 오싹한 세계를 예시의 시적 주체는 만유를 끌어안는 화엄사상(관용)의 체현이 구제할 수 있음을 노래한다. 이 같은 인식능력을 저해하는 감상성(서로 왜 물고 뜯기만 하느냐고 괴로워만 하는)을 배제하고 산골짜기

의 도랑물이 대해大海에 이르고 마침내 그 바다를 품고 하늘(유토피아)에 이를 수 있다는(화엄) '사상思想과 감정'(너그럽게 끌어안는)을 아름답게 통합하는 감수성의 명징성에 이르렀음을 보여준다 하겠다.

이러한 申仁浩 詩의 서정적 모더니즘 시세계는 우주의 과학적 순환논리를 객관적으로 파악하는 유사성類似性, 즉 산골짜기 작은 도랑물이 고난의 우여곡절을 거쳐 마침내 하늘에 이르는 것과 인간의 갈등을 극복하는 화해와 관용의 정신이 유사하다는 서정적이면서도 객관적인 암시의 미학으로 파악하는 申仁浩 詩의 서정적 모더니즘 시세계를 보여주고 있는 것이다.

申仁浩 詩의 이와 같은 포에지(詩精神)는 우리가 삶을 감정적 충동에 의해 영위하기 보다 지적知的 여과를 통해 이루어가는 것임의 인생관에 올바른 지표임을 일깨워주기에 충분한 것이다. 그것이 申仁浩 詩만의 시적 메소드(방법론)와 이상적으로 결합되어 이 시집의 다수의 서정적 모더니즘시를 창출해 놓고 있는 바, 이제 장章을 달리해 그 세부를 점검하는 것으로 이 척박한 평설글의 소임을 다하고자 한다.

2.

이 시집 《수평선을 태우는 해》(2009. 6. 지구문학사 刊行)는 申仁浩 시인의 첫 시집이다. 88편의 서정시 계열, 모더니즘시 계열로 양분할 수도 있겠으나 개별 텍스트마다의 성격이 이미 내가 서장에서 지적했듯이 서정적 모더니즘 시라고 申仁浩 詩를 정의하고자 한다. 이는 그의 시가 어느 한 켠에 경사됨이 없이 자신의 시정신의 균형의 틀을 잡고 있음에 그 까닭이 있다. 다시 말해 申仁浩 詩의 장점은 우리의 지적知的 판단력을 부지불식간에 훼손하는 과잉 릴리시즘과 또한 감정상의 오류를 유발시키는 관념주의를 삼제 또는 소거하는 시적 능력에서 뿐만 아니라 이 두 요소를 절윤하게 통합시키는 그의 기법의 능숙을 우리는 높이 살 수 있다는 이야기다.

  첫 시집답게 표제시 〈수평선을 태우는 해〉와 〈寬容〉·〈別離〉·〈강남 매미〉·〈節制〉·〈어머니의 봉선화〉·〈송화강변에서〉·〈겨울 산〉 등, 이 평설글에 논급치 못하는 다수의 텍스트군(群)은 申仁浩 詩의 서정적 모더니즘 시집《수평선을 태우는 해》제하의 제1시집 상재에 크나큰 시적 자산이 되고도 남음이 있을 터이며 독자의 사이비 현대시 읽기에 넌더리가 난 지금 이곳의 청량제가 또한 되고도 남음이 있을 터이다. 가령,

송화강에 휘몰아치던 검은 칼날

손을 흔들도 못하고
고국의 하늘을 뒤돌아보며
당신은 그렇게 떠났습니다

내 가슴은 휘몰아치는
피비린 殘骸

그날은 송화강도 흐느끼며
하늘도 먹구름으로 울었습니다
— 〈別離〉 全文

여기의 비유 이미저리들, 즉 검은 칼날 · 피비린 잔해殘骸 · 흐느끼는 송화강 · 먹구름 하늘 등이 감각적, 지적知的 타당성을 가짐으로써 이 시가 주는 순국한 선구자에의 애절한 추모지정의 느낌을 표현한다. 시적 주체가 송화강변에서 그 선구자를 생각하고 통곡했다 어쨌다 하기보다 객관적 상관물들을 동원해 지적知的으로 객관화해 보여주는 서정 모더니즘 기법이다. 申仁浩 詩가 얻고 있는 저러한 객관적 조소성(彫塑性 : 이미지化)은 직접적인 감정의 토로에 의해서는 획득하기 어려운 것이다. 특히 감정의 혼란을 지적知的으로 통제할 수 있는 시인의 포에지(서정적 모더니즘 시정신)를 우리가 예시에서처럼 미학의 완결미에서 읽을 수 있는 텍스트가 그리 흔치 않다는 사실도 새삼 떠올리게 된다.

이제 이쯤에서 申仁浩 詩의 서정적 모더니즘시 그 몇가지 대표적 변주變奏에 주목해 보기로 한다.

① 보리타작 소리 벗 삼던 시골 매미가
　서울 강남에 와서 운다
　그것도 목이 쉬도록 운다

　세상을 찢는 아우성을

152

삼키지도 못하고
달구는 폭염을
식히지도 못하고
치솟는 아파트 시세만
고무풍선처럼 매미 울음소리로 부풀린다

집 없는 서러움을 깔고 앉아서
어쩌라고 저리도
주야로 목청 찢어지게 울고만 있는가

② 아침 전동차 안에서
내 옆에 앉은 여자의 매니큐어 손톱은
아침에 떠오르는 빨간 태양이었다
문득 내 손톱을 바라보았다

그믐달로 떠올랐다

나는 건너편 차창에 비치는
내 얼굴을 바라보았다

鼻息 웃음이 나왔다

여름 꽃 봉선화를 정성껏 가꾸시고
저승길 밝다시며 꽃잎 따 물들이시며
우리 손톱 빨간 태양으로 만드시던

친정 어머니의 모습이
전동차 유리창에 어렸다

③ 밤하늘에 별들은
수많은 눈으로 나를 바라보지만

나는 한 눈으로
밤하늘에 무수한 푸른 별빛을 바라본다

세상은 수많은 소리로 내 귀를 울리나
나는 한 귀로
세상의 소리를 듣는다

세상은 수많은 입으로 내게 다가오나
나는 한 입으로 말한다

내게 보이는 모든 것들은
나를 아름답게 미치지 못하지만
내가 보는 모든 것은 아름답다

그러기에 지구를
맘껏 달리고 뛰고 날으고 온통 헤집고 싶어도
나는 조용히 나무 그늘에서
기도하는 수도자의 마음 비움으로 살아간다

위에 ① 〈강남 매미〉, ② 〈어머니의 봉선화〉, ③ 〈節制〉
를 나란히 병렬한 것은 세 텍스트의 변별성이 곧 申仁浩
詩의 서정적 모더니즘 시 세계가 변주되고 있는 실상을
보여주기 위한 평설자의 조치다. 한국 현대시에 있어서
감정의 혼란과 자기 탐닉, 즉 서정시에 남발되고 있는 감
상과 자탄·영탄 따위의 극복은 모더니즘의 지적知的 객관
성으로 가능한 일이다.

예시 ①의 경우 그 가능성이 완결되었다고 단언할 수는
없으나 부분적으로, 가령 '강남 매미'의 비유로 암시한
시적 주체의 의도가 무엇인지는 확실치 않지만 이 시가
"집 없는 서러움"에 강남 매미가 울고 있음을 말하고 있
음은 사실인 듯하다. 따라서 ①의 '없는 자의 서러움'이
'강남'이라는 부정적 공간을 더욱 확대 재생산해 보여주
는 모더니즘의 객관성에 잘 부합되고 있다. 도덕적 감수
성이라기보다는 의식意識과 상황에 대한 지적知的 분석分析
에 의한 서정적 모더니즘 시로 보인다.

이에 비하면 ②는 매우 감각적이다. 그리고 상황이기
전에 인간과 문화, 공간과 시간에 대한 시적 주체의 비판
이다. 단행單行 4번째 스탠자의 자아 확인이 그것이다. 기
발한 컨시이트(奇想·conciet)일 수도 있는 표상들이 특
히 첫 연 3행에서처럼 진술적陳述的인 시 구절들로 처리되
고 있는 것도 그 미학의 성취 여부를 떠나 申仁浩 서정적
모더니즘 시의 다양한 기법상의 예가 된다.

마지막 ③의 경우는 특히 릴리시즘의 전형일 터이다.
구성부터 전통적인 동양시법의 기승전결 구조를 띠고 있

으며 진술체의 어조도 명상적이다. 그러므로 이 시는 잠언적인 시적 자아의 의지를 객관화하고 있는데 그것이 지적知的 분석력으로 감성을 잘 통어함으로써 현대시의 구도주의 지향성을 잘 주제화하고 있다 하겠다. 삶의 쓸쓸함이나 삭막감 따위는 흔적도 없지만 그런 정서를 저 밑바탕에 깔고 앉아 그 어떤 구도자의 흔들리지 않는 자세가 아름답게 떠오르는 그런 미학의 서정적 모더니즘 시일 터이다. 이렇게 다져온 申仁浩 詩의 서정적 모더니즘 시는 다음과 같은 매우 바람직한 전기轉機에 이른다.
텍스트를 본다.

유난히도 맑게
달빛 쏟아지는 푸른 송화강변에
남편의 옷을 태우는 여심이 있다
이날 따라 異國의 찬바람마저
혹독하게 귓전을 할퀴고 지나간다

울컥 토해내고 싶은 수년간 만들어진
가슴의 멍울을 담아둔 채
불에 타는 피 묻은 옷을 막대기로 휘젓는다

타오르는 연기 속으로
수차 다가오는 그의 영상을
흐르는 액체로 애써 지운다

군상의 구원을 갈망하는 그의 소원
의로운 일한다면서 온 지구를 휘젓고 다닌 종말

神의 사명을 목숨인 양
異國의 하늘 아래 영원한 침묵을 남기고
싸늘하게 누워 있는 이유를 아무도 모른다

어느 누가 그를 인도했나?
아마도 그를
이젠 편히 쉬라고
神이 하늘로 불러 올린 것 같다

한 이름 없는 구원을 부르는 그의 외침
메아리 되어 만상 속에 살아 숨쉬는 한
그는 외롭지도 슬프지도 않으리
하늘 양식 맘껏 뿌리다 하나님 품에 안겨
깊은 잠 청하는 그

그가 가야 하는 비밀을 알고도 모르는 척
도도히 흐르는 송화강에 소리 질러 본다
한 마디 의논도 없이 이래도 되느냐고
간신히 몸을 추스르고 태운 재를 강물 위에 날리고
돌아서는 여심을 그 누가 알으리

— 〈송화강변에서〉 全文

　이 시는 이 시집 88편의 申仁浩 詩중 가장 긴 시다. 총 31행, 200자 원고지 3매에 불과해 장시長詩에 속하지는 않지만 그의 시중에서는 가장 긴 시인데 이러한 표면적인 까닭보다 이 텍스트 내용과 표현이 장시풍인 것이다. 내용의 서사적 표현, 시적 주체가 진술하고 있는 너레이션의 호환성, 그 내용상의 시공을 초월하는 주제의 상징성이 그렇다고 하겠다. 시의 내용을 요약하자면, 중국 길림성 소재의 송화강가에서 신神의 사명으로 숨진 고인의 유품을 불사뤄 강물에 재를 뿌리고 돌아서는 여한女恨을 申仁浩 詩 특유의 서정적 모더니즘 시 솜씨로 표상하고 있다. 미학적 고하를 떠나 텍스트 제3스탠자에서,

타오르는 연기 속으로
수차 다가오는 그의 영상을
흐르는 액체로 애써 지운다

　—의 후말행에 보이는 '흐르는 액체' 란 무언인가? 申仁浩 詩가 서정적 모더니즘을 지향하는 그 인텐서널리티의 강고성이 집약된 레토릭(修辭學)이 아닐 수 없겠다. 더구나 이 텍스트는 그의 서정적 모더니즘 시가 그 기법이나 소재와 주제의 새로운 지평으로의 전기(turning point)를 마련할 수도 있으리라 본다. 이제까지의 모더니즘 시가 현실의 중요한 감정과 주제와 상황에 대한 역사적歷史的 탐구가 미진했음을 상기할 때 그것의 가능태를 申仁浩 詩 〈송화강변에서〉에서 엿볼 수 있기 때문이다.

"고요하게 마음을 비운 도인// ……// 산새 다람쥐 등산객이/ 온통 헤집고 가도 탓하지 않는다// ……// 이 세상을 가슴에 품고/ 비밀을 알면서도 침묵하는 겨울 산"(〈겨울 산〉 부분)처럼 申仁浩 詩의 세계는 그러나 그 어떤 터닝 포인트에도 미동微動조차 불허할 것이다. 그의 서정적 모더니즘 시세계는 이 세상을 가슴에 품고 비밀을 알면서도 침묵하는 겨울 산이기 때문일 터이리라.

2009. 初夏
마포 살개나루 樹堂軒에서
石蘭史 識

신인호 시집
수평선을 태우는 해

지은이 / 신인호
펴낸이 / 김정희
펴낸곳 / **지구문학**

110-122, 서울시 종로구 종로2가 39 뉴파고다빌딩 215호
전화 / (02)764-9679
팩스 / (02)764-7082

등록 / 제1-A2301호(1998. 3. 19)

초판발행일 / 2009년 7월 3일

ⓒ 2009 신인호 Printed in KOREA

값 7,000원

E-mail/jigumunhak@hanmail.net

※잘못된 책은 바꿔드립니다.
※저자와의 협약으로 인지는 생략합니다.

ISBN 978-89-89240-26-6 03810